밭詩, 강낭콩

모악시인선 013

밭詩, 강낭콩

김준태

모악

시인의 말

별에게!
밤이 다가오면 어둠만…밀려오는 것 아니지요
어둠이 풀섶마다 꽃을 숨기려할 때, 오 그때죠
아이를 둔 집들은 좀 더 일찍이 불을 켜는 군요
미루나무 강변 마을에선 하얀 길을 내며 저러이
반딧불이 날고 있어요 집으로 돌아오는 가난한
사람들의 두 눈마다 저기 별이 찾아오고 있어요!
그래요 밤이면은 바람도 나무들의 푸른 이마를
가만 가만히, 쓰다듬어 주고 있는 게 보입니다.

2018, 여름과 가을의 다리에서
김준태 손 모아 합장!!

차례

2부 길을 가다 알았네

3부 향기

4부 땅

1부
그대에게

한 송이 꽃을 만나

한 송이 꽃을 보고 내가 갈 길 묻는다
한 송이 꽃을 만나 동서남북을 가다가
어느새 나의 몸도 사방팔방 꽃이 된다
꽃도 날 꽉 잡고 사람이 된 것 어쩌랴.

강낭콩

오늘도 나는 밭에 나가
지난밤의 총알을 파내고
강낭콩 몇 알 심었습니다
예, 하느님께서 빙그레
웃으시는 게 보였습니다.

수미산

한 알의 겨자씨 속에
수미산을 넣어주시다가
대지의 한 줌 흙 속에
수미산을 넣어주시다가
오늘은 내 배꼽 속에도
수미산을 넣어주시면서
껄껄껄, 웃어주시는
대웅大雄 큰부처님!
제 얼굴이 어두웠던가요
앞으로는 자주 수미산 보며
달님과 햇님을 벗하겠습니다.

마그마

지하 8,000미터에서 끓고 끓다가, 터져 나오는
마그마! 대지를 찢으며 하늘로 솟구쳐 올랐다가
다시 돌덩어리로 무수히, 내려앉았다가 식어서
마침내 불덩어리들 전체가 흙밭이 되는 마그마!
그 위에서 오, 인간의 노동과 미래가 펼쳐진다.

불이문不二門

불이문 안으로 들어가면
꽃과 나비가 따로 없고
동서남북이 따로 없고
시간과 공간이 따로 없고
모든 존재하는 것들이
둥근 입자粒子 안에서 하나다
둥근 씨앗으로 자란다.

하늘도 휘어지고

칼날처럼 날아가던 빛! 태양의
주위를 돌다가 휘어진다 하늘도
무지개처럼 휘어지고…… 아 그럼
그것은 사랑이 아니고 무엇인가
하늘도 휘어지고 정녕 무엇인가!

달

저 봐요! 둥둥 떠오른 저것 좀 봐요!
자기의 둥근 얼굴은 밤하늘에 놔두고
그대 떠난 고향산골 옹달샘에 내려와
소금쟁이, 물방개하고 놀고 있습니다.

그대에게

봄에는 꽃과 새들을 사랑했습니다
여름에는 바다와 태양을 사랑했습니다
가을에는 낙엽과 바람을 사랑했습니다
겨울에는 눈 쌓인 산을 사랑했습니다
흙으로 다져진 광야를 사랑했습니다
그리고 지금은 노래로 먼 길을 갑니다
사랑했던 순간들을 차마 버리지 못해
저 먼 먼 하늘에 별처럼 놓아둡니다.

개미와 코끼리

코끼리가 죽자 개미 떼들이 시커멓게 달려들어
산 같은 코끼리 몸도 한 점 먼지로만 남겨놓고
송두리째 땅속의 자기들 집으로 가져가 버린다
옛날엔 몰랐는데…… 개미가 코끼리보다 더 크구나.

제주, 돌하르방

길을 가다, 문득
뒤로 넘어져 뒹구는
7cm 크기쯤의 돌하르방
한 사람, 그냥 눈을 감고
지나가기가 너무 힘들어서
그를 두 손으로 안아들고
집으로 데리고 왔네 베란다
꽃화분 속에 세워주었더니
내 마음에 날개 달아주네.

징개맹경 지평선에서

내 징개맹경* 이 들녘에 찾아와
겨우내 흙 항아리에 담아 놓은
몇 됫박의 씨앗 고이 심습니다
천둥 번개로 자라날 둥근 씨앗!
온 세상 일으켜 세우는 큰 마음
징개맹경 저 들녘에도 심습니다
자자손손 살아갈…어머니 땅에!

*김제만경평야

물은 구겨지지 않는다!

아침마다 우리 동네 아파트를 찾아오는
야쿠르트 아줌마…… 200ml 곽우유를 내게
건네다 그만 땅바닥에 떨어뜨렸다 어머나,
선생님! 으짤까요? "아, 괜찮습니다 종이는
구겨져도 물은 구겨지지 않습니다!" 우유를
쭈욱 마시면서…… 활짝, 유쾌하게 웃어보였다
그 말을 들었는지 아파트 화단으로 종종종
걸어 나온 철쭉, 수선화, 민들레, 팬지꽃이
박수를 쳤다 어느새 자신의 꽃잎들을 멀리
떠나보낸 벚나무도 푸른 잎새를 반짝였다
남쪽에서는 제비 떼가 날아오고 있었다.

지리산

나무 한 그루를
적셔주기 위해
저것 봐, 아 저것 봐
온 산에 비가 내린다

나무 한 그루의
젖은 눈망울이 보이는지
불현듯, 온 산에 비가 멈추고

그 풍경 속으로
그 누구도 그릴 수 없는
사람 하나, 산을 송두리째
데리고 어디로 가고 있다.

봄비

비가 내린다

비는 내리면서
저 무수한 하늘과
사람들에게 젖는다

아 때때로
눈물이 맺히는

세상 곳곳에
심은, 피어나는
사람들의 얼굴이 둥글다.

꽃

사람이 되려다가 실패한 것들이 결국에는 꽃으로
피어난다 그 길만이 오직 사람과 함께 할 수 있는
마지막 길이기 때문이란다. 올훼*여, 감사합니다!

---

*오르페우스, 뮤즈, 시의 神.

샤먼[*], K시인에게

옛날에 옛날에 아주 먼 남쪽 바닷가에
한 보따리의 노래가 살고 있었다합니다
몇 토막 주워와 얘기하자면 이렇습니다
자기 배꼽 아래에 뚱니^{**}를 기르면서
배고플 때 그것을 하나씩 꺼내먹으면서
저 아득한 괭이갈매기섬 너머 수평선을
자기 고향처럼 꿈꾸며 바라보았습니다
얼굴도 둥그런 시인이 바로 그였다는데
행여 누가 오실까봐 꾸벅꾸벅 졸면서도
두 눈을 반쯤 뜨고 살 때가 많았답니다.

---

*shaman
**살점 이, 전라도 방언

장자莊子의 꿈

돌을 돌로 때리면 깨지고 바스라진다
돌을 꽃으로 어루만지면 돌은 꽃으로
활짝 퍼올라, 온갖 나비 떼 날아오고
장자도 꿈에서 깨어나 훨훨 춤춘다!

칸타타

금남로 3가, PBC광주평화방송 뒷골목쯤일 것이다
비둘기 몇 마리가 종종걸음으로 먹잇감을 찾고 있었다
간밤 취객이 목구멍에 손가락 넣어 쏟아냈을 토사물을
콩알인양 쪼아 먹으며 날아오를 채비를 하는 것이었다
녀석들의 날개는 봄 햇살을 받으면 눈부실 것 같았다.

2부
길을 가다 알았네

소년은 하늘에 올라

화가는 종이를 펼쳐 그림을 그리고
소년은 하늘에 올라 그림을 그린다.

비둘기

밭이랑에
콩알을 뿌렸더니
산비둘기 떼가 날아온다

그런데 그것도
다 주워 먹지 않고
몇 알을 이랑에 남겨둔다

콩알이 흙에 뿌리를 내리는 이유
저들 산비둘기도 알고 있는 것 같다.

달밤

어린 시절 고향의 달밤이었습니다
맨발로 놀던 바닷가 마을이었습니다
혼자 책 읽는 것을 어떻게 알았는지
하늘의 둥근 달도 가까이 내려와서
내 얼굴을 마냥 쓰다듬어주었습니다
파도도 철썩철썩 밀려와 놀다갔습니다.

노래, 고향

고향은
내가 태어나서
하늘을 보듬듯이
새근새근 코를 비비던
어머니의 둥근 젖

어린 시절 내가
보리모가지 볏모가지
하나라도 버리지 않고
허리를 굽혀 줍던
아버지 흙의 고향.

봄 편지

벌레 한 마리가
길을 건너기 위해

흙 묻은

내 흰 고무신 콧날에
5mm 몸을 바짝 붙이고 있습니다.

길을 가다 알았네

노인은 산으로 가자 하고
젊은이는 바다로 가자 하고
아가는 꽃밭으로 가자 하네
시인은 아가 손을 잡아주네.

들꽃

옛날에 아 옛날에 어디선가 잃어버린 내 얼굴!

흰 고무신

눈부셔라

봄바다에
놓으면

먼 하늘도
곱게 담기는

할아버지
흰 고무신.

목탁과 십자가

목탁은 구멍을 뚫어서 소리를 내고
십자가는 하늘에 매달려 길이 된다.

서울역·용산역 가을

부산항과 목포항에서
시퍼런 여름바다를 싣고 온
무궁화열차와 KTX열차가
8월 9월 넘어서 가을의 종착
서울역·용산역에 토해낸다
숫매미를 수북수북 쌓는다
벙어리로 태어난 암매미도
대합실 광장 그득히 쌓는다
전국 곳곳서 생산된 매미의
껍질, 매미울음을 쏟아놓고
여직 당도하지 못한 북녘 땅
매미들의 울음도 기다린다
매미들의 노래도 기다린다.

아가들의 옷

아가들이 벗어놓은
옷을 만지면
―따스하다

새들의 속날개처럼
어린 새들의 속날개처럼

아가들의 옷은
하늘 가장 먼 곳에서
방금 날아온 새들의
속날개처럼 그렇게

예쁘다 그네들
엄마의 눈물과 웃음도
파랗게 젖어서 반짝이는
아가들의 하늘 속옷!

죽사 이응노*전

하늘을 향해
뚜껑을 열어놓은
된장독과 고추장독

칼바람에
시퍼렇게 찢겨지는
감나무와 대나무 잎사귀들

밤새도록 짓이겨진
밥알들의 콜라주** 그림 속에서
푸르릉 푸르릉 날아오르는 새떼들과
거기 펼쳐지는 저 둥그런 설야雪夜!

---

*이응노(李應魯, 1904~1989) : 충남 홍성 출신의 재불 화가. 호는 죽사(竹史), 고암(顧庵).
 파리 '페르라셰즈 공동묘지'에 잠들다.
**콜라주(collage) : 큐비즘 수법의 하나, 종이조각이나 밥알로 그림을 만들어 붙이는 것.

아리랑

옛날하고도
먼 옛날이었을까요

시베리아 하늘 달려
툰드라지대 이깔나무 숲을 달려
아흐 아흐 백두산 자라 그 꽃밭쯤에

가도 가도 끝없는 원시림 속 그쯤에
아리랑이라는 짐승이 홀로 살았답니다

말도 아리랑 아리랑밖에 모르고
노래도 아리랑 아리랑밖에 모르고
먹이도 아리랑 아리랑만을 잡아먹다가

백두산에, 아아
백두산 봉우리마다
흰눈이 펑펑 쏟아져 내리면

아리랑 아리랑 아리랑만 노래 불렀다는
아리랑 짐승이 홀로 살았다고 전하여집니다.

금호도

바다 멀리
호롱불 켜 놓고
책 읽는 섬
금호도

묵제 선생
회초리 들고
꽃손자들 가르치던

아 할머니 고향집
대밭만 홀로 무성하네.

어머니

70년 전
나를 낳으신
울 어머니

푸른 하늘
어디에도
보이지 않아
치자나무 흔드는
바람으로도 기척 없어

사진 한 장
남기지 못한
흐르는 구름 저쪽
울 어머니 생각나

때때로
늙어가는 내 몸을
가만가만 만져봅니다.

아가의 詩

오늘 내가
할 수 있는 일은

아가에게
온몸 굽혀서
큰절하기

그네의
영혼에 기대어
지은 죄 씻어내고

젖은 마음도
말려서 입는 것

한 송이
꽃을 보면서도
진실로 감격하는 것!

우화

손에
피 묻은
고희古稀

장미를
꺾으려 하자
장미가 먼저
나를 꺾는다

백합을
꺾으려하자
백합이 먼저
나를 꺾는다

어쩌면 나는
장미와 백합을
영원히 꺾지 못할 것이다.

뱃속의 아기도 '사람'이다!

내 어릴 적, 한반도 서남해안 지역,
해남·진도에서는…임신부가 죽으면
먼저 풍장을 해주었다 땅 위 소나무에
3년 동안 육탈肉脫이 될 때까지 올려
두었다가…뼈를 추려 땅속에 매장했다
이때 마을사람들은 죽은 엄마 임신부의
무덤과 물 한 방울도 남지 않은 무형의
아기무덤도 둥글게 만들어주었다. 나란히!
채 사람이 되지 않고 엄마의 뱃속에서
죽은 아기도 저 높은 하늘이나 다름없는
'사람'이라는 것이었다. 뱃속의 아기도
인격체로 생각하며 살고 있었다! 먼 바다도
일 년 열두 달 출렁출렁거리는 내 고향
저 산 너머 구름 아래 해남에서였다.

치자나무 치자꽃

꽃은 하얗지만
열매는 붉지요
향기도 붉지요

고향집 텃밭에
말없이 자라는

할아버지께서
젊은 시절에
심으셨다는
치자나무 한 그루

어머니는
치자열매로
천연물감을 만들어

얼굴이 둥근 누이에게
색동저고리 입혀주었지요

아 파란 논물에 반짝이던
옛날 옛날에 누이의 모습!

3부
향기

노래, 어머니

어머님! 당신은 살아서는
내가 밟고 다니는 땅이었습니다
어머님! 저 세상에선 내가 먼 길을
갈 때 바라보는 하늘이 되었습니다.

순천만, 와온바다에서

찢어진 나라, 내 70년 동안
알게 모르게 데리고 살았던
3,000가지 죄를, 죄의 눈물콧물을
전라도 순천만 해룡, 와온바다에
송두리째 버리려고 왔더니
여기엔 바다, 바다가 없었다
바람과 구름, 파도와 섬, 모래성
서로간의 붉은 입맞춤밖에 모르는
남자와 여자들만 둥글게 살고 있는
아, 순천만 3만 년 전의 와온바다!

베토벤 교향곡 9번

귀가 100%, 완벽하게 막혀버렸을 때
마침내 소리와 음악을 들었다 하늘과
땅을 하나로 모으는 대합창을…어둠과
장벽을 무너뜨리는 아, 환희의 노래를
심장에서 귀가 열리는 교향곡 제9번!

한 편의 詩를 쓰기 위하여

한편의 시를 쓰기 전에 나는 최소한 70년을
참아두었던 울음과 눈물과 가슴 속 밤하늘을
순간적으로 쏟아내야 한다 아 그래도 써질까
말까 한 나의 로고스*, 죽음을 숨기고 있는 詩!

---

*로고스(logos) : 말, 언어, 진리

바지랑이풀

아파트
담벼락에서
누가 눈짓한다

흙 한 줌
하늘
한 조각

서로 입맞춤 하는
담벼락 돌 틈바귀

옛날에
옛날에
내가 와서

파란 풀꽃
하얀 꽃잎
흔들면서
나를 찾고 있었다.

새

새는 죽어
땅에 묻히고

사람은 죽어
하늘에 묻힌다.

개구리방죽

내 죽으면 그걸 알고 풍덩풍덩 뛰어 들어와
개굴개굴 울어줄 개구리방죽 개구리 가족들!

월장月葬

달에 묻었네
서녘 초승달 속에
그대를 묻어 보냈네
옛 노래처럼

달에 묻었네
만장도
꽃상여도 없이
울음소리도 없이

달에 보냈네
떠오르는 달에
그대를 묻어
보냈네 꽃처럼
옛 노래처럼!

사람의 얼굴

한때 구체화를 즐겨 그리던 피카소도
사람의 얼굴을 그릴 수는 없어
쩔쩔 매는 날이 많아 추상화가로
돌아선 것이었다
군댓밥만을 먹은 프랑코가
게르니카의 학살을 자행한 그날부터
피카소의 두 손은 동맥경화증이 심했다.

판화, 무등산

살아서는
누구나 오를 수 있다오
죽어서는 아무나
오를 수 없는 저 산山!
세상에서 가장 작은 열매
한 알의 겨자씨 속에 솟아있는
수미산에 들어가
절벽에 구멍을 뚫듯이
그 구멍에 제비집을 지어 넣듯이
홀로 몇날 며칠 목탁을 치는 무등산!

향기

한 알의 살구 열매 속에
수미산을 넣고 깨물었다
입안과 온몸이 툭, 터지는
신맛과 향기로 가득하다!

시리아 아이들

알라, 알라, 오오 쿼바디스!
시리아의 아이들이 죽어간다!
시리아의 어머니가 죽어간다!
시리아의 세 살 아가가 손에
움켜쥔 알라神과 하늘마저도
화학무기 바늘에 찔려죽는다!
요단강 예수도 눈동자 멈춘다!

휘트먼

미국의 시인 월트 휘트먼이 숨을 거둘 때
그의 두 손을 마지막으로 잡아준 사람들이
있었다 그들은 휘트먼의 고향 캠든 시에서
밭에 밀 씨앗을 뿌리다가 달려온 농부들이
었다 그들은 대지에 발을 멈추고 "저 높은
곳을 향하여 날마다 기도합니다!" 노래를
부르고 있었다 하늘에서는 종달새가 삐종
삐종 날아오르고 있었다 푸른 오월이었다.

고향의 여름

새들이
하늘을
한 점씩 물고
날아오른다

개똥벌레가
젖은 흙에 떨어진 시간을
몇 알갱이씩 짊어지고 기어가고
꽃들이 땅의 젖꼭지를 빨며 핀다

하얀 모래들이
속삭이는 강 언덕

어머니의 손을 잡은 소년이
흰 구름 속으로 걸어 들어가 노래한다.

사마르칸트

자식을 죽인 왕이 오늘은 자식과
나란히 대리석 관 속에 누워 있습니다
아우를 죽이고 왕이 된 형도 오늘은
사막 한복판, 아우와 묻혀 있습니다
사람들은 그 사실은 알려 하지 않고
동서 실크로드 중심은
사마르칸트라고 말할 뿐이었습니다.

지평선

사람은 죽으면
밭에 가서 산다

봄이면 뿌리고
가을이면 거두는

아 저 아득한
사람몸의 지평선!

풀잎 아가들

어디서 날아와
그래, 이렇듯
옹기종기 모여
고개 들고 있나

흩어질까
마음이 조여
서로 모여 사는
작은 풀잎 식구들!

아파트 베란다
비파나무 화분에
가만히 뿌리 내려

고만고만한 얼굴로
나를 쳐다보는
작은 풀잎 아가들!

혹시라도 이들을
뽑아버릴지 몰라
빈 화분에

따로 심어주었네

작은 풀잎 아가들!

강가에서

강가에서
시를 쓰면
시가 강물처럼 흘러갑니다

산자락에 앉아
시를 쓰면
시가 산봉우리로 올라갑니다

하늘을 바라보며
시를 쓰면
내 노래하는 강물과 산봉우리에
수억 광년의 별들이 쏟아져 내립니다.

하늘 아래서

우리 웃고, 울고, 서로
살아가는 하늘 아래서
'사람'만이 열 번, 백번
다시 태어날 수 있으리
산을 넘고 강을 건너면!

천마령

저 아스라한 아스라한 봉우리
저 보이지 않는, 차마 보여서는 안 될
내 모습의 먼, 머언 정점 같은 봉우리!
오늘은 오르지 못하고 다만 경배하고 있는

4부
땅

칼과 흙

칼과 흙이 싸우면
어느 쪽이 이길까

흙을 찌른 칼은
어느새 흙에 붙들려
녹슬어버렸다.

땅

땅 위에
씨앗을 뿌리면
밭이 되지만

땅 위에
씨앗을 뿌리지 않으면
총칼이 쌓인다.

삽

농부의 손에 가면
농구로 쓰이지만
무덤지기 손에 가면
무덤만을 파며 녹슨다.

天地포옹

밭은 손이다
밭은 모든 것을 껴안는다
그대가 쓰러지면 그대의
가슴, 그대의 목마름
그대의 천국과 지옥까지도
껴안고 새싹을 틔운다.

물방울

밟으면
깨지지 않고
땅에 스며들어
밭흙의 지평선
뿌리를 적신다

밟으면
죽지 않고
강으로 가서
바다로 가서
수평선을 넘는다.

대지의 시

詩는
쇠붙이
굴뚝에서
나오지 않고

흙의 대지의
밑창에서 태어난다.

사람

사람은 벽이 아니다
사람은 모두 문이다
우리들이 몸부림쳐서라도
쾅 쾅! 열고 들어가야 할
사람은 모두 찬란한 문!

걸레와 밭

걸레는
아무리 빨아도
걸레다

밭은
아무리 갈아엎어도
밭이다.

달

달나라에는
죽은 사람들이 살고 있습니다
그래서 달은 밝습니다

달나라에는
그리운 사람들이 살고 있습니다
그래서 달은 더욱 밝습니다.

대전환, 한반도

생각을 바꾸리라
마음을 100% 용광로에 녹이리라
S극과 N극의 자리가 바뀌어
서울은 북쪽, 평양은 남쪽에서
저녁에도 서쪽에서 뜨는 해를 보리라
자신의 그림자를 일으키는 달을 보리라
생각을 바꾸리라 마음을 100% 녹이리라
비둘기와 독수리는 사이좋게 지상으로
내려와 걸어 다니고 친구가 될 것이다
양떼들과 소들은 하늘의 풀밭으로 날고
바다에서는 물고기들이 춤을 출 것이다
원자폭탄을 주물러서 목탁으로 만들고
수소폭탄을 주물러서 십자가를 세우면
와아, 한반도가 세계의 중심으로 서고
에로스 화살이 꽂히고 사람들의 어깨에
날개가 달릴 것이다 생각을 바꾸고
마음을 100% 용광로에 넣어 녹이면
머리에는 밤낮으로 꽃나무가 자라고
새들은 날아와 삐종삐종 노래할 것이다
아가들은 하늘에 매달린 젖꼭지를
바지런히 빨 것이다.

둥그런 섭리

박수연(문학평론가)

둥글게 하나로 모여 꽃피는 세계가 이번 시집의 대상이다. 「한송이 꽃을 만나」「꽃」「들꽃」은 그 대상을 직접 다룬 시이지만, 시를 찬찬히 읽어가다 보면 시인의 시선이 세상 모두를 활짝 핀 꽃의 세계로 노래하고 있다는 사실을 알게 된다. 세상 모든 것이 꽃으로 통하는 그 원융의 세계로 이제 김준태의 시에 대해 말해야 할 것이다. 광주와 무등산의 시인에게 광주 5·18만을 이야기하는 것은 아무것도 말하지 않는 것과 같기 때문이다. 1970년대 민족문학의 주인공에게 한국 근대화의 역사적 현실을 반복해서 말하는 것도 충분한 것이 아니다. 지금 그 광주와 한국적 근대의 속도주의에 대한 비판이 여전히 그에게 언어를 다루는 외적 계기라면, 이제는 그 분명한 역사적 태도가 지속되는 이유를 그의 시 정신 내부에서 찾아 되돌려주어야 할 때이다. 그것을 둥근 하나의 세계라고 하자.

이 원융의 정신이 지금부터 처음 시작된다고 볼 수는 없다. 가령, 그의 초기 시 「참깨를 털면서」에는 이런 구절이 있다.

사람도 아무 곳에나 한 번만 기분좋게 내리치면

참깨처럼 솨아솨아 쏟아지는 것들이

얼마든지 있을 거라고 생각하며 정신없이 털다가

"아가, 모가지까지 털어져선 안 되느니라"

할머니의 가엾어하는 꾸중을 듣기도 했다.

「참깨를 털면서」 부분

잘해야 한다는 생각으로 힘을 다해 참깨다발을 후려칠 때마다 참깨알이 떨어지고, 그 모습에서 화자는 쾌감을 느끼는데, 할머니가 꾸중을 한다. "아가, 모가지까지 털어져선 안 되느니라"라는 구절이 환기하는 것은 파괴되지 않은 '인간-자연'의 공동체가 가진 생명의 순한 순리이다. 물리적 폭력으로 점철된 한국적 근대에서 부드러운 삶의 자세를 강조하는 태도야말로 그 폭력에 대한 근본적인 비판이다. 당대적 현실과 연관시킨다면 그것은 근대적 속도전의 불모성에 대한 경계이기도 하다. 1970년에 쓴 이 작품이 밝고 경쾌한 정서적 언어로 그 시대의 비극적 분위기를 극복하고 있다는 점이야말로 독자들이 이 시를 깊이 기억하는 이유일 것이다. 비극의 무게를 경쾌하게 극복하는 일이 농촌공동체의 오랜 언어적인 능력이라면, 그 능력의 밑바탕에 바로 전통적 공동체가 있을 터이다. 하나로 어울리는 농촌공동체의 양상들을 고려할 때, 김준태에게서만 이런 시적 인식을 찾을 수 있는 것은 아니지만, 그에게서 이 인식이 지속된다는 사실은 특별히 주목할 만하다. 그는 당시에 이렇게 말했다.

사람들아, 나의 고향은 나의 우주다. 나의 고향은 나의 교과서요, 바이블이요, 눈알이요, 망원렌즈요, 배꼽이요, 귓구멍이요, 속옷이요,

머슴이요, 스승이요, 보리밥이요, 천국이요, 개똥이요, 구정물통이다.
요컨대 나의 고향은 나의 모든 것이다. 나의 미래다.

「후기」 부분(『참깨를 털면서』)

이 고향 인식이 자연을 대상으로 하고 있으며 세계의 순리에 대한 것이라는 사실을 굳이 말할 필요는 없을 것이고, 또 이 인식이 "고향을 잊어먹거나 고향을 배반하거나, 고향을 뒷발로 차버리거나, 고향을 올라타고 말채찍을 휘두르"게 하는 근대적 착취를 비판하는 일과 통한다는 사실도 지금은 새삼스럽지 않다. 그렇지만 이 고향이 세계의 모든 것이라는 인식을 그가 지금도 여전히 노래하고 있다는 점이 중요하다. 이번 시집에는 다음과 같은 시가 있다.

고향은
내가 태어나서
하늘을 보듬듯이
새근새근 코를 비비던
어머니의 둥근 젖

고향은
어린 시절 내가
보리모가지 볏모가지
하나라도 버리지 않고
허리를 굽혀 줍던
아버지 흙의 고향

「노래, 고향」 전문

고향이 어머니이고 아버지라는 말은 그 아버지와 어머니가 모든 탄생의 현실적 근원이라는 뜻이다. 김준태는 이런 의미에서 그의 시세계 전체를 결코 저버릴 수 없는 근원성으로서 둥그렇게 순환되는 섭리에 의한 것으로 보여주는 셈이다. 처음이 끝이고 끝이 처음인 세계, 처음과 끝이 나뉘어 있지 않은 세계가 그것이다.

위에서 말했듯이, 그의 시세계 초반에 등장했던 이 생각이 가장 최근의 시집에서 연이어 반복된다는 점을 주목해야 한다. 이것은 그의 시세계가 하나의 집요한 반복으로 구성되고 있다는 사실을 알려준다. 구체적으로 말하면 그것은 소재적이고 인식적인 반복인데, 반복이 차이를 동반하는 것이라고 해도, 진정한 섭리란 모든 차이를 포괄하는 능력이기 때문에, 더구나 차이를 포괄하는 것으로서의 반복이 처음과 끝의 맞물림에 의한 순환적 연속이기 때문에, 둥근 섭리의 한 가지 형식이 이로써 드러난다. 그 형식이란, 그의 초기 시에서 최근에 이르기까지 지속되는 것으로서의 형식이다. 당연히 그것은 주제로 연결된 터이다.

그러나 이 반복은 시간적 선후 관계를 관통하는 동일성에 대한 회고가 아니다. 예를 들면, 고향에 대해 이야기하되, 초기의 그것은 근대적 착취 속에서 고향을 파괴하는 (서구적) 문명과 혼재된 긴장의 세계였다. "나의 서러움, 나의 단단한 사랑은/어메리카와 배를 대고 함께 숨쉰다./(……)/불기둥 박힌 어메리카의 全面을 보듬은 채/거대한 사랑을 숨쉬고 있다."(「어메리카 I」)고 쓰는 시인에게 어메리카는 고통을 통한 역사적 진리 단련의 대상이었다. 지금 그것은 묘한 차이를 보인다.

미국의 시인 월트 휘트먼이 숨을 거둘 때
그의 두 손을 마지막으로 잡아준 사람들이
있었다 그들은 휘트먼의 고향 캠든 시에서
밭에 밀 씨앗을 뿌리다가 달려온 농부들이
었다 그들은 대지에 발을 멈추고 "저 높은
곳을 향하여 날마다 기도합니다!" 노래를
부르고 있었다 하늘에서는 종달새가 삐종
삐종 날아오르고 있었다 푸른 오월이었다.

「휘트먼」 전문

　　미국 시인 휘트먼의 대지적 이상을 보여주는 이 시가 그의 초기 시 「어메리카 I」에 나타난 시적 긴장과 달리 고향 농부들의 평화로운 노래로 채워진다는 점은 김준태의 세계관이 대지적 고향을 여전히 간직하면서 그 구성물을 우리 삶의 전통뿐만 아니라 지구 반대편의 대지적 삶까지 포괄하는 지평으로 나아간 것임을 알려준다. 한국의 독자들에게 휘트먼은 미국의 민중시인으로 잘 알려져 있지만, 그의 시정신이 어떤 굴곡을 가지고 있는지를 아는 사람은 그리 많아 보이지 않는다. 더구나 미국의 민중을 한국의 민중과 동일한 집단이라고 생각할 수도 없다. 김준태가 시에서 주목하는 휘트먼은 대지적 평화의 담지자들에게 옹호되는 모습의 휘트먼인데, 그래서 「휘트먼」과 함께 읽어보아야 할 작품은 「지평선」이다. 왜 휘트먼은 김준태의 언어에 포착되었을까?

　　사람은 죽으면
　　밭에 가서 산다

봄이면 뿌리고

가을이면 거두는

아 저 아득한

사람몸의 지평선!

「지평선」 전문

　삶과 죽음, 씨 뿌림과 거둠을 동시에 상상하는 시이다. 휘트먼
의 농부들이 가졌을 대지적 관점에서 보면, 씨 뿌리는 행위는 열
매를 예감하는 일이고, 마찬가지로 삶은 그 삶의 마지막 결실인
죽음을 상정하는 행위이다. 이를테면, 씨 뿌리고 거두듯이 죽음
은 삶의 열매이고, 그래서 죽음 이후 인간은 대지에 나가 그 둘
의 동질성을 확인하고 실현한다. 이 탄생과 소멸과 재생의 신화
적 이념에 대한 매개가 휘트먼과 함께 이루어지고 있다는 점은
우연이 아닌데, 그의 삶의 이력과도 연관되겠고, 휘트먼의 시정
신과도 연결될 저 상상력에서 참고할 작품이 있다. 휘트먼의 시
이다.

　내가 쟁기꾼의 쟁기질을 보았을 때,

　혹은 들판에서 파종하는 사람이 씨를 뿌리거나

　수확하는 사람이 열매를 거두는 것을 보았을 때,

　나는 거기에서도, 오 삶과 죽음이여, 그대들의 유사함을 보았다.

　(삶, 삶은 경작이고, 그래서 죽음은 뒤따르는 수확이라는 것을)

W. 휘트먼, 「내가 쟁기꾼의 쟁기질을 보았을 때」 부분

김준태의 휘트먼 수용이 단순한 시적 수용과 변용이라는 차원으로 이해되는 데서 그칠 수 없는 이유는, 그 휘트먼의 시가 동아시아에 끼친 영향이 만만치 않기 때문이다. 가령, 위에 인용된 시만 놓고 보더라도, 한국문학은 여러 차례 그와 연관된 순간들을 보여주고 있다. 신동엽의 시가 '쟁기꾼'의 상상력으로 펼쳐지고 그에 덧붙여 '전경인'이라는 개념으로 논리화된 역사의식을 보여주고 있다는 점이 그동안 주목되었다. 이 '쟁기꾼'이 한자로 경인(耕人)인데, 신동엽에게는 그것이 전경인이라는 말로 표상되었던 것이다. 이를 통해 밭 갈고 씨 뿌리는 존재들에 대한 상상력이, 외국 시인들과의 시적 영향관계와는 별도로, 수평적 상호 배치를 보여준다는 점을 알 수 있다. 이 공통성의 배치를 민중적 역사의식의 산포라고도 할 수 있을 것이다. 그런데, 이 '경인'이라는 말을 한국문학이 포괄한 때는 1922년의 대전에서이다. 일본의 한 시인이 대전에서 국어교사로 일하면서 출간했던 동인지의 이름이 '경인'이었고, 그 제목은 바로 휘트먼의 위의 시를 잡지에 화보로 인용하는 작업과 함께 결정되고 있는 것이다. 시인 아라이 토루(新井徹)의 작업이 그것인데, 그는 몇 년 후 곧 불온한 사상의 소지자라는 이유로 조선에서 일본으로 추방되었고, 일본으로 귀국한 후 식민지 문인들을 옹호하는 프롤레타리아 시동인지를 발간하는 등의 활동 중에 사망했다.

요컨대, 휘트먼의 시는 단지 한 시인의 영향관계라는 범주 설정만으로는 충분치 않은 보다 넓고 깊은 흐름과 관련되어 있다. 김준태의 시가 쟁기꾼과 씨 뿌리는 사람에 대한 상상력을 휘트먼의 농부에 연결되어 있을 고향 농민의 삶으로 확장시키듯이, 미국 농민의 삶과 죽음에 대한 상상력은 한국인의 대지적 상상력과 결합하여 동서를 관통하는 보편적 삶의 이념으로 자리잡는 것이다.

「지평선」의 상상력이 펼쳐 보이는 이 이념의 우주적 보편성이야말로 김준태의 둥근 섭리의 핵심이다. 다시 시를 보면, 1연의 죽음이 있고, 2연은 그 죽음을 받아 파종과 수확의 섭리를 환기한다. 3연은 그 섭리가 모든 사람들이 도달하거나 포괄되어야할 경계와도 같은 지평선임을 확인한다. 짧으나 결구의 힘이 있는 작품이다. 이것을 하나의 비유로 읽을 때, 끝내 도달해야 할 삶의 지평선이 저절로 펼쳐지는 은혜와도 같은 섭리를 생각할수도 있다. 그러나 김준태의 시가 세계의 둥근 섭리를 묘사한다고 해도 그 섭리가 저절로 작동하는 신적인 능력인 것은 아니다. 오히려 그 반대다. 그가 광주와 무등의 시인이라고 불리기 이전부터 그는 한국적 현실의 고통에 집중하고 있었는데, 고향은 그 현실에서 결코 망각되거나 파괴되지 않아야 할 삶의 지평으로 상정되고 있었다. 이번 시집에서 그것은 「개미와 코끼리」라는 시에서 보듯이 '민중의 노동'이라는 주제의식으로 여전히 강조되기도 한다. 다음 시에서 그 이유가 아름답게 묘사된다.

하늘을 향해
뚜껑을 열어놓은
된장독과 고추장독

갈바람에
시퍼렇게 찢겨지는
감나무와 대나무 잎사귀들

밤새도록 짓이겨진

밥알들의 콜라주 그림 속에서

푸르릉푸르릉 날아오르는 새떼들과

거기 펼쳐지는 저 둥그런 설야雪夜!

「죽사 이응노전」 전문

둥그런 섭리가 단지 사람들의 삶에만 적용되는 것이 아님을 보여주는 시이다. 자연과 인공을 가리지 않고 열림에서 고통으로 다시 비상으로 이어지는 우주적 신생의 모습이 선연한 이미지가 있다. 1연은 모종의 인공적 행위가 하늘이라는 대자연의 품으로 자신을 열어놓는 것임을 알려주고, 2연은 그 상호 교통의 사이에서 찢겨지는 사이 존재들을 보여준다. 아마, 된장독과 고추장독의 상상력에 연결되어 있을 그 사이 존재는 찢어져 흔들리지만 찢어짐 그 자체로 종결되지 않는다. 대개의 신생이 한 존재와 존재 사이에서 이루어지고, 형태 변화를 통해 완성되듯이 하늘과 대지 사이에서 찢어지는 사물이야말로 신생의 신화를 예고하는 사례이다. 실은, 사이에 있다는 사실이 이미 찢어진 상태 바로 그것을 지시하는 것이다. 3연은 찢어진 형태의 사물들이 둥그런 섭리의 세계로 재탄생하여 펼쳐지는 감동적인 장면을 묘사하는데, 이 짓이겨진 존재야말로 한국 현대사를 상징하는 민중들의 삶과 같다. 그 민중들이 「개미와 코끼리」에서처럼 세계의 모든 것을 압도하는 능력으로 주체화되고 있다는 점에 주목하자. 비슷하되 각기 다른 모습으로 움직이는 거대한 군상의 세계를 이응노가 이미 잘 표현해 주었거니와, 그 군상이 바로 역사적 현실에 대한 민중적 응전력의 표상이다. 군상들 각각

이 가진 개별적 형태는 존재들 자신의 내적 생명력을 환기한다고 할 수 있다. 이 생명력 속에서 제각각 자신들의 목소리로 일정한 방향을 향해 움직이는 존재들이 곧 인간과 자연이다. 이렇다는 점에서 하늘과 대지의 사이에서 스스로의 노동으로 소멸되면서 죽음의 열매라는 지평선으로 나아가는 인간의 삶은 그 스스로 심미적 절대성을 지향하는 사건으로 존재하는 것이다. 김준태의 시선에 따르면 대지와 하늘 사이의 모든 생명이 그 사건을 이행한다. 사이에서 짓이겨져 펼쳐지는 신생의 대자연이 그곳에서 하나의 운동으로 있다.

이것은 다만 시의 내용으로 한정되는 것이 아니다. 김준태는 이 원융의 섭리를 하나의 시 형식으로 분명히 인식하고 있다.

우선, 원융의 세계를 '전면화'하느냐 '간접화'하느냐의 차이가 그의 초기 시편과 현재 시편 사이에 있다. 그의 시어들이 순하고 맑은 의미를 즉각적으로 전달하기 때문에 이 또한 인공적인 것과 자연적인 것의 교통 원리를 그의 시력 전체에 걸쳐 직접 실현하고 주장하는 형식이라고 할 수 있다. 이 언어 형식이 그에게 아주 오래 전부터 핵심적인 시작 방법이었음을 알기 위해서는 역시 『참깨를 털면서』의 후기로 돌아가야 한다. 그는 독자들에게 고향으로서의 자연으로 돌아가야 한다는 사실을 말하고, 그 순리의 자연에 대비되는, "양철판을 두드리는 듯한, 고무과자를 씹는 듯한, 말라빠진 인체해부도를 들여다보는 듯한 개좆같은 현대시"를 비판한다. 요컨대, 인공적인 것으로서의 현대가 삶을 비틀고 왜곡한다면, 시는 그 현대로부터 자연으로 돌아가는 것이다.

현대와 자연의 대립은 그러나 최근에 와서 화해의 기미를 보여주는 듯하다. 아니 진정한 화해란 화해될 것과 되지 않을 것을 나누는 화해가 아니라 모든 것을 나누지 않는 화해이다. 이른바 사사무애의 지경이 이에 해당할 터이다. 이 지경에 도달하기 위해 언어를 선택하는 사람이 시인이고, 그 시 쓰는 일의 고통과 고민이 또한 언어 선택의 전모라고 할 수 있다. 시인 자신이 이미 그 고통을 죽음으로 표현하고 있는 시가 「한 편의 시를 쓰기 위하여」이다. 생애 전체를 옥죄었을 슬픔의 울음과 눈물을 한 순간 쏟아내는 일이 시 쓰는 일인데, 이 언어적 분별의 죽음과도 같은 시간을 잘 견디도록 하는 것은 그러나 현실에 맞서는 더 용맹한 싸움의 자세가 아니다. "돌을 돌로 때리면 깨지고 바스라진다"(「장자의 꿈」)고 쓰는 시인은 그 분별을 위한 싸움의 시대를 건너와서 이렇게 말하고 있다.

옛날에 옛날에 아주 먼 남쪽 바닷가에
한 보따리의 노래가 살고 있었다합니다
몇 토막 주워와 얘기하자면 이렇습니다
자기 배꼽아래에 뚱니를 기르면서
배고플 때 그것을 하나씩 꺼내먹으면서
저 아득한 괭이갈매기섬 너머 수평선을
자기 고향처럼 꿈꾸며 바라보았습니다
얼굴도 둥그런 시인이 바로 그였다는데
행여 누가 오실까봐 꾸벅꾸벅 졸면서도
두 눈을 반쯤 뜨고 살 때가 많았답니다.

「샤먼, K시인에게」 전문

꿈꾸며 살아가는 신화적 세계가 있다. 여기에서는 이것과 저것의 경계가 존재하지 않는데, 그래서 시인은 반쯤만 눈을 뜬 삶을 살고 있다. 아마, 그런 가수(假睡) 상태가 운명일 시인에게 현실과 비현실은 의미 없는 것일 것이다. 이 무분별의 삶이 샤먼의 그것이라는 점을 시인은 잘 알고 있고, 시인 자신이 바로 샤먼이라는 사실 또한 잘 알고 있다. 그 샤먼이 곧 대지와 하늘을 연결하는 존재이고, 그 사이 존재들을 신화적 세계로 인도하는 존재이다. 그가 아예 잠들지 않는 것은 "행여 누가 오실까봐"이다. 누가 샤먼의 노래를 필요로 할 순간을 그는 기다리고 있는 것이다. 이 기다림은 고향을 꿈꾸는 듯한 기다림이어서, 샤먼의 노래를 기다리는 사람도 그 사람을 기다리는 샤먼도 어떤 부재와 결실의 상호 작용 속에서 살아간다. 아니, 살아갈 수밖에 없다고 해야 한다. 이 경지에서 '시인-샤먼'은 곧 세상의 사이 존재가 된다. 그 둘이 나뉘어 있지 않은 상태, 그것이 시인의 고향으로서의 이 현실 세상이다.

이로써 김준태의 시가 마침내 이룬 것은 둘이 아닌 하나의 세계이다. 그래서 이런 시가 탄생한다.

불이문 안으로 들어가면
꽃과 나비가 따로 없고
동서남북이 따로 없고
시간과 공간이 따로 없고
모든 존재하는 것들이
둥근 입자粒子 안에서 하나다
둥근 씨앗으로 자란다.

「불이문不二門」 전문

씨앗의 세상이 우리가 사는 이 세상이다. 씨앗은 뿌려지고 거두어질 것이다. 거두어짐이 죽음이되 죽음이 아닌 것은 우리가 불이문의 세계에 있기 때문이다. 분별지를 넘어선 세계가 그것이다. 이곳에는 꽃-나비, 동서남북, 시공간이 구별 없이 있다. 위에서 김준태의 최근 시에 대해 '자연-고향'과 '현대'의 대립을 넘어서고 있는 언어라고 쓴 것도 그 때문이다. 넘어서기 위해서는 대립하지 않아야 하고, 대립하지 않는 것이 짓이겨진 삶을 심미적 사건으로 상승시킨다. 그것이 사사무애이고, 시인 자신이 스스로를 샤먼이라고 부르는 이유일 것이다.

광주의 시인이 샤먼으로 거듭나는 과정을 어떤 생애의 극적인 전환이라고 볼 이유는 없다. 아직도 모두 신원되지 않은 저 죽음의 지평에서 모진 싸움이 시작되고 그 순간에서 벗어나지 못한 한국 현대사가 시인의 마음에 들어왔을 때, 시인은 이미 죽음과 삶을 분별할 수 없는 가수 상태일 수밖에 없었을 것이다. 아니, 그 이전부터 시인은 가수의 샤먼이었다. 현실은 그 부재와 결핍을 영원한 결실로 나아가게 하는 사이 존재들의 세상이다. 김준태는 평생을 그 세상에서 살아왔고 그래서 스스로 둥그런 섭리가 된, 될 수밖에 없었던 사람이리라.

시인 김준태

1948년 전라남도 해남에서 태어났다. 1969년 「전남일보」와 「전남매일」 신춘문예에 시가 당선되고 월간 『시인』에 「머슴」 외 5편을 발표하면서 작품 활동을 시작했다. 『문예중앙』에 소설 「오르페우스는 죽지 않았다」를 발표하기도 했다. 시집으로 『참깨를 털면서』 『달팽이 뿔』 외, 영역시집으로 『Gwangju, Cross of Our Nation』, 산문집으로 『백두산아 훨훨 날아라』 『세계문학의 거장을 만나다』 등 35권의 저서를 출간했다. 고교 교사, 언론인, 5·18기념재단(10대) 이사장, 조선대 교수 등을 지냈다.

모악시인선 013

밭詩, 강낭콩

1판 1쇄 찍은 날 2018년 8월 6일
1판 1쇄 펴낸 날 2018년 8월 13일

지은이 김준태
펴낸이 김완준

펴낸곳 모악

기획위원 문태준, 손택수, 박성우
출판등록 2016년 1월 21일 제2016-000004호
주소 전북 전주시 덕진구 기린대로 418 전북일보사 6층 (우)54931
전화 063-276-8601
팩스 063-276-8602
이메일 moakbooks@daum.net

ISBN 979-11-88071-13-5(03810)

* 이 도서의 국립중앙도서관 출판예정도서목록(CIP)은 서지정보유통지원시스템 홈페이지
  (http://seoji.nl.go.kr)와 국가자료공동목록시스템(http://www.nl.go.kr/kolisnet)에서
  이용하실 수 있습니다.(CIP제어번호:52018024165)

* 이 책의 내용을 재사용하려면 모악의 서면 동의를 받아야 합니다.

값 8,000원